安羽诗词钢笔字帖

责任编辑 姚建杭

西泠印社

说　明

　　本诗词选，主要内容是理想信念，革命传统，歌颂盛世。蒙诗人、钱塘书画研究社副社长吴仲谋先生校阅，《中国钢笔书法》总编王正良先生书写，谨致衷心感谢。

　　选集分三部分。诗词按照时间为序，第一部分先诗后词。

陈易明

二〇〇一年一月

陈安羽同志简介

陈安羽，男，1922年3月生，浙江定海人，1938年10月参加新四军，1939年5月加入中国共产党，在军教导总队政治队、军事队学习一年。

抗日战争时期，曾任教导总队政治干事、宣传干事。"皖南事变"后，被囚于上饶集中营，坚持斗争。越狱后转战于苏中根据地，历任一师七团干部教员、县委敌工部部长、区党委城工部秘书室负责人、苏中独一旅营教导员、旅政治部科长等职。

解放战争时期，任苏皖边区政府暨参议会留守机关秘书兼组织科长，华东野战军军政干校大队长、教导员、党委书记。参加先遣纵队转战皖北，并任合肥军管会社会部部务委员兼侦察科长，"三野"渡江工作委员会成员。杭州解放后，任市军管会政务部办公室主任，电气公司军代表，浙江省委巡视组长。

1949年8月以后，任中共余姚县委书记，宁波地委委员兼秘书长、城工委书记，省委工业部办公室主任，省委办公厅副主任、主任，省委副秘书长。

"文革"中遭迫害囚禁。"批林整风"时任省委杭钢工作组长，中共杭州市委副书记、市革委会副主任；"批林批孔"中第二次被打倒。粉碎"四人帮"后，任省革委会副主任兼计委主任、党组书记，省委常委、杭州市委第一书记兼政协主席、杭州警备区第一政委兼党组第一书记，六届省人大常委会常务副主任兼党委书记，七届省人大常委会主任兼党组书记。第六、七届全国人大代表，党的十二次全国代表大会代表。

离休后，任中国新四军研究会副会长，浙江省新四军研究会会长，中国硬笔书法家协会名誉主席。

本帖所选诗词，是陈安羽同志亲身经历的写照，真实感受的抒怀，改革开放的歌颂，革命理想的追求。

谒上饶集中营烈士陵园

一九六一年九月

碧血黄花千古冤，

刀山火海勇争前。

势如大圣翻江海，

笑指群魔化雾烟。

旭日一轮澄玉宇，

千村万落话丰年。

尽忠战友遗言在，

又沐陵园华露鲜。

访祖籍岱山

一九八三年春

故乡沧海日，

照我鬓如霜。

蓬岛花团簇，

遥天彩帜扬。

草田棋局布，

芦港锦帆张。

鸥鸟知归意，

迎凡导远航。

赠省曲艺团

一九八三年三月

评弹似书画，

幅幅大家夸。

席上聆佳曲，

笔端飞异花。

参加上饶集中营斗争座谈会

一九八三年秋

松柏蕙花啸烈风，

陵名危耸逼苍穹。

峰峦叠翠连江海，

枫叶飘红染赣东。

黑狱重临叱鬼魅，

红旗高展祝征鸿。

心雄不叹青丝改，

携手工农奔大同。

武夷九曲溪

一九八三年秋

武夷壁立斗山巅，
飞雪流霞云剖间，
莫道而今秋色淡，
竹排已过万重山。

敬悼粟裕大将

一九八四年二月于北京

常胜将军百战身，
运筹帷幄气吞鲸。
烽烟板荡英雄色，
岁月峥嵘战士情。
电闪东南寒敌胆，
雷鸣天地振军声。
晚年勤献强兵策，
青史长昭不朽名。

赠中学语文报

一九八六年春节

神州国粹妙裁诗，

翰墨留香贵入时。

杜老歌吟天地动，

迅翁刀笔虎狼悲。

文章自是千秋业，

革命令编四化师。

同学少年多努力，

开来继往创新辞。

兰溪感怀

一九八六年十一月

四渡云溪十八湾，

兰江秀色重人寰。

低徊往事飙风雨，

夜半枪声血染滩。

注：一九四一年春节后，在皖南事变中被捕的新四军同

志，被特务宪兵武装押解过兰溪，囚于十多艘船中。

凄风苦雨，饥寒交迫。夜半枪声大作，原来有三位

同志跃入寒流逃跑，两位成功，一位牺牲，血染沙滩。

贺浙江诗词学会成立

一九八八年。

感乞文坛开浙苑,

嫣红姹紫竞芳丛。

柳堤胜过来时路,

共赏南屏子夜钟。

注:一九四九年五月初,我随军进杭城,到白堤看西

湖,但惋惜听不到南屏醒世晚钟。

莫干山

一九八八年夏

幽篁筛月斑斑锦,

狂瀑掀波滚滚澜。

七月人间苦炎热,

此山先得早秋寒。

重过武夷山

一九八九年

秋宵危坐忆前踪，

寒腊深山倚劲松。

大雪飘飞惊宿鸟，

巨花溅注起潜龙。

壮歌一曲雄师猛，

勋世千秋英烈功。

放眼八方风景好，

城乡康乐路开通。

注：当年赤石暴动的号令为：唱国歌即义勇军进行曲第一句。

舟山解放四十周年

一九九〇年六月

故园史页照新篇，

旗舞人欢鱼果鲜。

新港艨艟搏猛浪，

佛山梵呗引风船。

参差楼阁映红日，

错落垫堆耀碧天。

更喜中青多壮志，

远征重担可移肩。

谒四明山烈士陵

一九九○年秋

多情邀满月，
明月放荣光。
叠翠千重浪，
远弘更慨慷。

皖南事变50周年谒上饶烈士陵

一九九一年一月

旧地重临忆万千,

信江风物迥非前.

皖南奇恨千秋鉴,

茅岭酷刑昼夜煎。

赤帜当年除腐恶,

宏图今日展新天。

青磷碧血怀先烈,

强我中华责岂蠲。

14

瞻仰南湖革命纪念馆

一九九一年"七一"

一叶红船傲碧天，

峥嵘岁月七旬年。

难忘五岭风霜路，

犹记三山血泪鞭。

世事苍黄麾若定，

全民砥砺志尤坚。

而今重启长征业，

导引还凭马列篇。

赠日本静冈议会

一九九二年

静冈议会有鸿声，
中日友情开垦勤。
万叠平铺东海浪，
一衣带水是亲人。

天目行

一九九二年七月

雄奇天目傲神州，
何事登山路不修？
莫怪志书无记载，
林涛撼岳恨悠悠。

林海珍藏大树王，
天公妒忌风雨狂。

莫言七秩休肓上，

一笑挺胸攀阴岗。

注：天目山海拔一千数百公尺，乃亚热带植物、鸟类、

兽类汇集之处。既是研究地质学、生物学、新四军

军史和人文历史的重地，又是旅游、登山运动的宝山。

桃花潭即兴

一九九三年六月

潭水粼粼碧，

楼台照影明。

诗仙惜别处，

桃李亦含情。

浙江新四军研究会原会长

朱人俊同志周年祭

一九九四年三月

滔滔扬子育儒雄，

投笔从戎斗恶龙。

先遣浙东成伟业，

旋征塞北建丰功。

屡踬不减凌云志，

铁骨长存古道风。

最爱庭前松竹翠，

如君劲节挺苍穹。

返皖变故战场谒烈士陵

一九九四年秋

再谒陵园思万千，

青春碧血未虚捐。

阴谋分裂惊寰宇，

良策纵横续史篇。

扬子洪波涤腐恶，

神州灿景丽中天。

临风洒泪怀英烈，

磊石青松绿柳烟。

缅怀陈伟达同志

一九九五年三月

(一)

滚滚江流似疾轮，

丰功终已勒贞珉。

枪林弹雨忘生死，

矿底山巅历苦辛。

勤政每抉伤病体，

爱民常葆正廉身。

京津苏浙咸铭载，

岂止钱塘西子滨。

（二）

曾记迢迢三十秋，

阴晴风雨与同舟。

通盘大计勤开拓，

分管诸方亲策谋。

志趣交流铭肺腑，

情怀磊落仰山丘。

云亡五载音容在，

梦里逢君话不休。

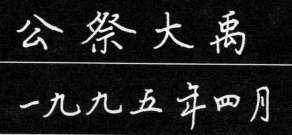

公祭大禹

一九九五年四月

制服滔々不顾身，

艰辛历尽为民生。

神州得有江河利，

万世难忘大禹情。

贺姜东舒诗集出版

一九九五年八月

品学珪璋重，

诗书一代雄。

年高心益壮，

展卷仰清风。

七十五岁自遣

一九九六年生辰

家务难辞老掉牙,

重新学习忆妈々。

油盐柴米餐粗具,

书画琴棋兴转赊。

"四化"频传心自泰,

一球在握乐无涯。

尤怜山水为屏幕,

且借黄汤染晚霞。

庆祝香港回归

一九九七年

少小罗湖梦里桥，

老来皓首颂高招。

珠还合浦欢呼日，

便引豪情上碧宵。

赞中国女足

一九九九年七月十一日

玫瑰怒放绿茵醒，

亿万欢呼喜泪盈。

昔日金莲人自缚，

今朝铁脚世为惊。

常凭合力能扛鼎，

各具高招敢夺城。

华夏中兴新气象，

须眉莫忘学巾英。

赞浙一医院 二〇〇〇年四月

百佳一院展鸿图，

今日儒医与宋殊。

救死扶伤延寿域，

强民利国启通途。

高风济世同良相，

妙手回春赞大夫。

医道宏开新气象，

白衣天使竞英模。

注：宋代是中国古文化新高峰期，集儒、道、佛三学为一体，提倡医德、医术俱佳的儒医，并列在儒商之前。"百佳"是指国家卫生部在全国创建百家先进集体，浙一医院获此殊荣。

喜读表伯生《永思集》

二○○○年十一月

剡溪毛竹耸苍冥，

劲节虚心列翠屏。

不与牡丹争富贵，

唯求代代有知音。

春风教苑培桃李，

秋月吟坛抒性灵。

遥祝表君身笔健，

唐诗之路永留馨。

注：《永思集》有咏20种植物花卉诗，对毛竹和代代花情有独钟，对牡丹则未咏颂。唐诗之路，指以李白为首的唐代大诗人，开辟了绍兴、嵊县、新昌、天台的旅游路线，留下了不少诗篇。

怀念 皖变烈士

调寄 小重山

一九九三年春

昨夜山间杜宇鸣,

鸣声惊羽梦,

难为赓。

追思往事泪沾枕,

山情静,

星月映窗明。

烈士卧高陵,

再来松柏茂，
旧山青。
欲将新事禀英灵，
宵风紧，
林海起涛声。

纪念定海抗英保卫战，
公祭捐躯的三总兵和
四千官兵
调寄诉衷情（赵长卿原韵）
一九九七年七月
挥师血战志弥刚，
天又薄穹苍。
惊涛骇浪何惧，
卫祖国，保家乡。

今雪耻，

更图强，
写新章。
紫荆香郁，
合浦珠还，
醑酒盈觞。

二、十年浩劫漏网诗词

遭囚禁时,我把所作诗词密密麻麻地写在一张薄纸的正反面,藏在人手一册的《毛主席语录》的红塑料封皮内,得以漏网。

怀　念

调寄念奴娇（陈允平原韵）

一九六八年□月于3008四室

大楼四室，

坐长空如漆，

万方声没。

频看百岁连理树，

惟有路灯明灭。

竹马青梅，

丹心铁血，

可叹隔开离绝。

万般愁苦，

消磨多少红叶。

十五越女明眸，

金戈铁马，

踔厉凡华杰。

午夜飞骑奇扰敌，

日寇魂飞胆裂。

仰党栽培，

钟情理想，

誓献青春热。

忽遭骡绁，

隔窗唯问明月。

注：丁菲十五岁参加地方抗日游击队，并赴杭、富前线

阻扰日寇。在敌日夜炮轰时，她冒险完成一项任务。

她于一九三九年参加浙西政工队第二中队第二区队，

在党组织领导下工作，一九四〇年六月入党。

除夕囚室感怀

一九六九年于斗批改干校囚室

迎春偏又怕春迟，

隔子看妻鬓有丝。

生死吉凶身外事，

是非功过史家词。

寒窗冷雨凝霜气，

大地坚冰育铁枝。

梦醒诗成衾未暖，

风雷如鼓费沉思。

注：除夕晚打雷刮风，罕遇。

小咪赴北大荒插队

一九六九年"三八节"

掌工明珠忍痛分,

愁看小鬓枕冰凌。

西湖桃柳遭风雨,

北大荒原炼赤心。

不做垂杨双季绿,

左师翠柏万年春。

灼肤嫩手成钢臂,

封冻砸开气象新。

注：她在北大荒患严重关节炎，后发展为癌，死时年四十。

入党三十周年

一九六九年五月三日

一瞬卅年死复生，

至今赢得泪晶莹。

从知祸福由人召，

终信是非归史评。

欲上天堂须奋斗，

为埋地狱有牺牲。

如今泪泪源中断，

滴水难忘大海情。

坚信

一九七〇年二月六日夜于乔司"五七"干校囚室

昌国女儿如蕙兰，

呕心事业苦钻研。

不愁荆棘途中障，

敢效苍松雪后坚。

刀丛已御千支箭，

梦里犹添十目涟。

危幕燕巢何所虑，

劫波渡尽是新天。

注：明朝舟山曾称昌国。呕心事业：指丁菲从一九四五年开始，长期从事新闻工作。十目：指我和四个子女。

囚室

一九七〇年除夕

残灯不灭照无眠，
万籁无声夜似年。
难忘刀霜坡上路，
心灵犹是寄拳拳。

生辰子女探监

一九七○年三月十二日

惯囤天暮窒，

俟忽左声招。

初涉湖山暖，

为怜发齿憔。

亲人相雨泣，

雷雪恸天号。

空室窥星斗，

乾坤万象遥。

注：当天傍晚忽下雪并电闪雷鸣。

答荷婚书

一九七二年八月于电政街1号

几载分荷人憔悴，

家书梦呓叹荷夸。

西风莫把东篱毁，

老圃新枝待后期。

注：严重迫害，使丁菲患精神分裂症。

"批林批孔"

一九七四年六月

又遭暴雨狂风害，
小丑跳梁我辈呆。
革命反成复辟派，
丹心不怯断头台。

注：我被投靠"四人帮"的造反派头目打成杭州头号

复辟势力代表人物，撤消党内外职务。

三、新体诗

缱 绻

一九四三年春于苏北敌后

田野、含烟、步晚。

春天，生机蓬勃，也带来了

溪水一般的潺潺思情，

东风是她的伴奏。

但我听不到她悦耳的歌吟！

将昼夜缱绻的心灵，

分不清杜鹃、玫瑰、还是

康乃馨……

统、撒向那无垠的苍昊，

请东风送到遥远的海滨。

久待阳春，

又为何在她面前踟蹰！

是习惯了严寒，

还是怕春梦缠身？

如果有回答，那就是：

我还年轻，

思念涌动难平。

梦 圆

一九〇六年秋于淮阴乡间，

中秋将至，

渐觉衣单。

忆前夜窗前，

月下携手，

银河偷渡更漏残。

忽隔日不见，

却浑如十数年；

茶饭无味，

梦里吟念，

无一刻光阴不想您！

黄昏后，

只有月穿窗，

不见伊人来。

高挂蚊帐挑油灯，

说与月知道：

真个别离苦，

不如相逢甜。

天长地久，

好在梦已圆。

告慰英烈

自度曲

一九八三年初秋

寒蝉凄切，

难友毕集，

泪眼凭吊语凝噎。

今宵相聚何处？

壁立万仞鸿蒙，

执手相告宏业，

丹心日月永存，

华夏三步奏捷。

敬礼，列宁！

一九九○年夏于莫斯科

历史的足迹已很遥远，

列宁的巨手，

翻卷起西伯利亚的茫茫风雪。

你在涅瓦河畔下令，

阿芙乐尔号轰响，

惊天动地的炮声，

工农兵的红旗迎着旭日哗哗作响，

在英特纳雄耐尔的战歌中冲锋陷阵，

汹涌澎湃的洪流荡涤了冬宫和

沙俄的污泥浊水！

伟大的道路并不平坦，

苏联经历了多少饥饿严寒和牺牲！

为了保卫涅瓦河的永恒澄澈，

900个日日夜夜，上百万老弱妇孺，

宁死不屈；

60万英烈高呼着列宁，

打得敌人尸横遍野，血流成河。

在刀与剑、血与火的日子里，

我们战斗在自己的国土上，

高呼着列宁，还有斯大林、毛泽东！

向苏联人民臂挽臂，心连心，

跟凶残的法西斯殊死相拼！

历史永远属于人民。

法西斯终于覆灭，

黄河、长江、伏尔加河掀起狂欢的涛声。

今天，中国人民正在进行和平建设，

不夜的灯火仿佛是你

——列宁闪光的眼睛。

我有幸踏上你的国土,重温你的历程,

到红场,瞻仰你神圣的寝陵。

你右手握拳,左手平伸,

仿佛细数着世界发生了什么新的事情,

使我们这些白发皤然的人,

思虑也无穷无尽!

啊,弗拉基米尔·伊里奇·列宁,

请接受一个中共党员的虔诚致敬,

天上的北极星永不陨落,

你的名字永远是真理的明灯;

前程曲折，

但我听到了你铿锵的脚步没有停顿。

明天，地平线上必将升起万丈霞光，

那是更绚丽的共产主义美景。

陈毅羽诗词

王正良书

注：保卫涅瓦河，指二次世界大战中，名闻全球的列宁

格勒之战。

中国书法训练系列丛书

责任编辑：姚建杭
特约编辑：陈　墨
　　　　　许晓俊
　　　　　黄夏冰
封面设计：姚建杭

安羽诗词钢笔字帖
　　　　　（王正良书）

出　　版：西泠印社
地　　址：杭州市东坡路90号
邮　　编：310006
发　　行：全国新华书店
制　　作：西泠艺丛编辑部图文工作室
印　　刷：浙江省统计局印刷厂
印刷日期：2001年1月第1版第1次印刷
开　　本：787×1092　1/16
印　　张：3.75
印　　数：00 001-5000
书　　号：ISBN 7-80517-486-5/J·487

全套8册　本册定价：9.80元